AF332739

SENTIMENS

D'UN SPECTATEUR FRANÇOIS,

SUR LA NOUVELLE TRAGEDIE

D'INES DE CASTRO.

COMME mon occupation est d'étudier les hommes, je recüeille attentivement leurs pensées sur toutes les choses qui attirent les yeux du Public, je remarque d'abord l'injustice de ceux qui se plaignent de la froideur du Siecle pour les belles Lettres. Il me semble que jamais le goust des Ouvrages d'esprit, n'a été si generalement repandu.

La tranquillité étonnante dont la France joüit au dedans & au dehors, invite tous les particuliers à occuper leur loisir par l'étude des beaux Arts. L'ignorance n'est plus chez les François un sujet de vanité; nous voyons beaucoup de jeunes gens preferer les talens de l'esprit aux emportemens de la debauche, qui dans le Siecle passé faisoit toute l'occupation de la jeunesse. Les Femmes sont instruites, & plusieurs vont aux Spectacles pour écouter les Pieces. S'il paroît un Livre nouveau, il est enlevé en un moment; si

A

B 8.

on joüe une Piece nouvelle, on y court en foule; & si d'ordinaire ces Ouvrages qui attirent nôtre curiosité n'emportent qu'une approbation passagere, c'est qu'il y a plus d'empressement dans le Public, que de Talens dans les Auteurs, & que nous cherchons la perfection avec une avidité, que d'abord nous faisons grace aux Ouvrages les plus mediocres, dans lesquels nous voyons luire quelque éteincelle du feu qui anima les grands hommes du Siecle de Loüis XIV.

Si donc la mediocrité attire pour quelque temps nôtre attention, si les les Pieces de Theatre, qui ont été joüées depuis deux ou trois ans, n'ont point été mal reçües, ne croyons pas que le Public soit sans discernement ; il perd bientôt son attention pour de tels Ouvrages, & garde une estime constante pour les vrayes beautez.

Dans toutes les Compagnies où je me suis trouvé, on parloit beaucoup de la nouvelle Tragedie d'Ines de Castro. J'ay remarqué sur tout plusieurs personnes de beaucoup d'esprit, qui étoient étonnées du succez de cet Ouvrage dans les representations ; pour moy je n'ay été étonné que de leur surprise.

J'ay disputé contre eux, & le Public ne sera pas faché de voir icy leurs raisons & les miennes. Je vais tacher d'exposer pourquoy ils meprisent cette Tragedie, & pourquoy elle est bien reçüe.

D'abord il me semble qu'il faut remettre aux yeux du Lecteur la conduite de la Tragedie d'Ines de Castro, parce que n'étant pas encore imprimée, la pluspart des personnes qui l'ont vûë, pourroient ne se pas souvenir exactement du détail de cet ouvrage.

Don Alphonſe Roy de Portugal aprés avoir
été long-temps en guerre avec le Roy de Caſtille,
avoit fait avec luy une Paix glorieuſe : il avoit
épouſé en ſecondes Nôces la Mere de ce Prince;
& pour mieux affermir l'union des deux Couron-
nes, il avoit promis ſolemnellement par le Traité
de Paix, que Don Pedre ſon Fils du premier lit
épouſeroit la Sœur du Roy de Caſtille ; cette
Princeſſe s'appelloit Conſtance ; elle eſtoit Fille
de cette même Reine de Caſtille, devenuë Femme de Don Alphonſe, & elle étoit partie avec
elle pour épouſer l'Heritier du Royaume de
Portugal.

Cette jeune Princeſſe en arrivant à la Cour de
Liſbonne, reſſentit une forte inclination pour
l'Epoux qu'on luy deſtinoit ; mais elle eut la dou-
leur de voir differer ſon Mariage : Le cœur de
Don Pedre étoit engagé ailleurs. Une Guerre
qui ſurvint en ce temps-là contre les Maures,
fournit un pretexte à ſes delais ; ſon ambition
ſervit de voile à l'indifference qu'il avoit pour
Conſtance. il ſupplia ſon Pere de luy donner le
Commandement de l'Armée d'Afrique : il vou-
loit, diſoit-il, acquerir de la gloire avant de
s'engager dans les liens du Mariage, & revenir
de ſon expedition, plus digne de ſon Pere & de
Conſtance.

Don Alphonſe malgré le Traité fait avec la
Caſtille, malgré le peu de raiſon d'en differer
l'execution & malgré ſon exactitude ſcrupuleuſe
à garder ſa parole, ſe laiſſa flechir aux prieres
d'un Fils qu'il aimoit tendrement, & l'envoya à
la tête de ſon Armée contre les Maures.

Don Pedre batit les Ennemis & revint bientôt en Portugal chargé des depoüilles de l'Afrique, comblé de gloire, adoré des Portugais & cheri de son Pere qui voyoit renaître en luy toute la splendeur de son Regne.

Le Roy de Castille envoya alors un Ambassadeur au Roy de Portugal pour le feliciter sur les Victoires de son Fils, & pour presser le Mariage de ce Prince.

C'est icy que commence l'action de la Tragedie d'Ines. Don Alphonse est étonné que son Fils ne se trouve point à l'Audience qu'il donne à cet Ambassadeur : C'est que ce jeune Prince craignoit la vûë d'un Ministre qui venoit demander l'execution d'un Traité, que ses engagemens secrets ne luy permettoient pas d'accomplir. La Reine de Portugal, Mere de la jeune Constance, avoit depuis long-temps remarqué la froideur de Don Pedre pour la Princesse. Cette Mere idolâtre de sa Fille, est peinte dans toute la Tragedie, comme une Femme pleine d'aigreur & d'emportement, regardant l'indifference du Prince, comme le plus grand de tous les crimes, ne parlant que de fer & de poison, & menaçant de tout perdre, si on n'épouse pas sa Fille. Cette Femme découvre au Roy son Mary la crainte que luy donnent les negligences de Don Pedre.

Enfin que feriez-vous, dit-elle, s'il resistoit ? Ah ! reprend le Roy avec colere.

Mon Fils, me resister ! juste Ciel, j'en fremis !
Mais bientôt le rebelle effaceroit le Fils.

Je ferais valoir, continue-t-il l'autorité de Pere.

& de Roy , & j'apprendrois à mes Peuples par
un chaſtiment exemplaire , que les ſujets qui
ſont le plus prés du Troſne , doivent être les plus
ſoûmis ; en un mot ce vieux Prince s'emporte en
menaces ſur la ſeule idée que ſon Fils pourroit
ne pas épouſer Conſtance. La Reine aprés avoir
échauffé la colere de ſon Mary par ſes ſoupçons ,
prend à part une jeune Fille d'honneur nommée
Ines de Caſtro , l'Heroine de la Piece ; & luy
declare que c'eſt elle qu'elle ſoupçonne de déro-
ber le cœur du Prince aux charmes de Conſtance ;
elle luy fait des menaces affreuſes dignes de l'emportement de ſon caractere. Ines épouvantée va
trouver Don Pedre , & luy conte en pleurant ſes
allarmes ; Don Pedre ſurpris de ce coup imprevû ,
luy donne avec imprudence le conſeil de s'enfuir
de la Cour : mais Ines plus raiſonnable que luy
remontre que ſa fuite trahiroit leur intelligence ,
qu'il vaut mieux demeurer , & ne ſe point voir
en public. Elle luy fait voir combien il importe
de ne point découvrir leur ſecret , & le Prince
aprés mille proteſtations d'un amour éternel , luy
jure de ne rien faire qui puiſſe déceler une union
ſi dangereuſe.

Cependant Don Alphonſe vient enfin preſſer
ſon Fils de dégager ſa promeſſe , & d'accomplir
un Mariage ſi long-temps differé ; le Prince re-
fuſe nettement d'obéir à ſon Pere ; le Roy en
fremit de colere , & la Reine deſeſperée de l'ou-
trage fait à ſa Fille , dit au Roy en preſence
d'Ines même , qu'Ines eſt la ſeule cauſe de ces
refus , & qu'elle eſt aimée de Don Pedre. La
Reine ne parloit que ſur de ſimples ſoupçons ;
Ines qu'on ne pouvoit convaincre , prend le ſeul

party raifonnable ; elle nie tout au Roy & à la Reine, mais Don Pedre, fans qu'on en puiffe fçavoir la raifon, avouë tout, fans qu'on luy demande rien, & par là expofe la vie de fa chere Ines avec une imprudence, dont il n'y a point d'exemple.

A peine le Roy a-t-il entendu cet aveu fatal, qu'il met Ines prifonniere entre les mains de la Reine fa cruelle ennemie. Le malheureux Don Pedre, qui ne voit pas que c'eft fon imprudence impardonnable qui a facrifié Ines, s'emporte contre fon Pere avec encore plus d'imprudence, il le menace de toute la fureur d'un Amant qu'on defefpere, & fort de la prefence de fon Pere, en difant ces paroles.

Je fors, mais je crains bien de revenir coupable.

Le Roy Don Alphonfe, devenu en ce moment auffi imprudent que fon Fils, ne le fait point obferver aprés des paroles fi dangereufes, & un moment aprés il eft tout étonné que fon Fils force une des Portes du Palais pour enlever fa Maîtreffe ; il s'écrie, c'eft un malheur que je n'ay pû prevenir ny prevoir. Auffi-tôt il va luy-même combattre contre fon Fils & le punir de fon infolence ; fon Fils qui le voit venir, paffe heureufement par une autre porte, diffipe quelques Soldats qui la gardoient, & vient enfin l'Epée à la main pour enlever Ines.

Il fembloit alors qu'il n'y eut de falut pour ces Amans que dans la fuite : mais qui le croiroit ! Ines en ce moment ne reçoit fon Amant que le reproche à la bouche, elle ne l'accufe point d'avoir revelé fon fecret & de l'avoir perduë, elle luy fait un crime de vouloir la fauver, elle le nomme rebelle & parricide, luy dit qu'elle aime mieux mourir que de le fuivre, & luy reproche, comme le plus énorme des attentats, de vouloir fauver la vie de fa Maitreffe aux dépens de la fienne : pendant cette conteftation finguliere, le Roy revient fur fes pas, & eft affez furpris de voir fon Fils tête-à-tête l'Epée à la main avec fa Maîtreffe.

Don Alphonfe commande à fon Fils de rendre fon Epée, & ordonne en même temps qu'on affemble le Confeil pour le juger. Mais avant ce jugement, il fait encore une tentative fur le cœur du Prince ; il luy demande pour la derniere fois s'il veut époufer Conftance : Don Pedre perfifte dans fes refus, & alors le Pere luy déclare qu'il n'y a plus de grace à efperer, & procede ainfi à la condamnation de fon Fils, uniquement parce que ce Prince ne veut pas de Conftance pour fa Femme.

On affemble les Grands, le Roy en pleurant leur demande leur avis ; le Confeil eft compofé de quatre perfonnes, de ces quatre il n'y en a que deux qui parlent ; ces deux Confeillers par une fingularité bifarre s'étendent long temps fur leurs propres avantures avant de dire leurs avis, & melent indifcretement leurs interefts particuliers à une affaire fi confiderable ; enfin l'un conclut à l'abfolution de Don Pedre, & l'autre à la mort ; les deux autres ne difent mot, & furcela le Roy condamne fon Fils ; il fe compare en ce moment à Manlius & à Brutus, & s'écrie

A iiij

C'est à vous, chers Sujets, que je le sacrifie.

Dans le temps qu'il sacrifie ainsi, à ce qu'il pretend, au bonheur de ses Peuples un Prince, l'amour, l'esperance & l'appuy de ses Peuples même, un Fils tendre & respectueux qui n'avoit d'autre crime que d'avoir voulu enlever Ines ; la Reine avec son aigreur ordinaire vient feliciter le Roy sur cet Acte de Justice, & applaudir à cette étrange cruauté pretextée d'une observation rigoureuse des Loix. Cependant Constance qui aime Don Pedre d'autant plus qu'elle n'en est point aimée, apprend avec surprise qu'on va couper la tête à ce Prince, parce qu'il ne veut point d'elle, elle cherche à obtenir sa grace, dût-il vivre pour un autre : mais comment s'y prend-t'elle pour obtenir cette grace ? Il seroit naturel qu'elle allât elle-même parler au Roy son Beaupere, ou du moins à la Reine sa Mere, mais point ; c'est à Ines de Castro, c'est à sa rivale qu'elle s'adresse. Ines demande en grace qu'on la fasse paroître devant le Roy, elle l'obtient, & c'est elle qui entreprend de sauver le Prince.

Il y avoit à ce que l'on suppose dans la Piece, une Loy en Portugal qui condamnoit à la mort toute Fille qui oseroit seduire un Prince du Sang & l'épouser en secret. Le Roy avoit luy-même parlé de cette Loy à Ines de Castro, & luy avoit dit que si jamais elle pretendoit à épouser son Fils, il luy feroit trancher la tête sans misericorde.

Malgré la juste crainte que cette Loy devoit donner à Ines, elle fait voir au Roy deux petits

Enfans qu'elle a euë de Don Pedre, & luy avoüe
enfin qu'elle eſt ſa Femme. Voilà le crime conſommé, voilà le traitté fait avec la Caſtille rom-
pu ſans reſſource, la parole du Roy violée, &
Don Pedre plus coupable que jamais; mais ce
Roy qui par une rigueur feroce avoit condamné
ſon Fils unique à perdre la tête, pour une baga-
telle qui ne meritoit qu'une peine legere, ce même
Roy qui puniſſoit un pretendu crime ſur un ſimple ſoupçon, le pardonne quand il eſt conſommé;
& attendry par la vûë de deux petits Enfans He-
ritiers malgré luy de ſon Royaume, il reçoit Ines
en grace & oublie tout le paſſé.

A peine a-t'il accordé ce pardon ſi peu con-
forme à ſon caractere, qu'il prend des convul-
ſions à Ines, & elle meurt empoiſonnée ſur le
Theâtre, ſans qu'on s'informe de ceux qui luy
ont donné le poiſon, & ſans qu'on diſe le moin-
dre mot de Conſtance & de ſa Mere.

Voilà trés-exactement le ſujet & la conduite
d'Ines de Caſtro. L'ordonnance de l'Ouvrage
revoltoit tous les gens d'eſprit dont j'ay parlé;
ils ne pouvoient comprendre qu'on donnât pour
une Tragedie, une Piece dont l'intrigue eſt la
même que celle de la pluſpart des Farces du
Theâtre. En effet diſent-ils, toutes nos petites
Comedies nous repreſentent-elles autres choſes
qu'un vieux Pere qui menace de desheriter ſon
Fils, s'il n'épouſe la Femme qu'on luy deſtine,
& qui à la fin de la Piece ſouſcrit à un Mariage
clandeſtin? D'ailleurs combien les caracteres de
cette Piece ſont-ils peu ſoutenus? Quelle rigueur
& quelle foibleſſe, également à contre-temps
dans le Roy Alphonſe? Quelle imprudence dans

DonPedre? Qu'elle aigreur dans la Reine? Quelle fecherefle & quell inutilité dans le rolle de Conftance? Voilà comme ils parloient tous d'une commune voix: Ils ajoûtoient à cela la critique d'un nombre infini de penfées faufles; mais ce qui leur déplaifoit davantage, c'étoit la diction & la verfification.

Effectivement on eft obligé de convenir que jamais Piece n'a été plus mal écrite. Comment donc continuoient-ils fe peut-il faire qu'un tel ouvrage foit bien reçû du Public? Comment les François qui ont devant les yeux les Tragedies de Mr. de Corneille & de Mr. de Racine, peuvent-ils écouter de femblables Pieces?

Parmy ces Cenfeurs, il y en avoit un fur tout qui ne pouvoit digerer d'avoir entendu battre des mains à deux ou trois Vers de cette Piece, qui font pris dans M. de Corneille, comme celuy-cy.

Vous parlez en Soldat, je dois agir en Roy.

Qui eft dans le Cid mot à mot. Ils difoient, nous avons vû jouer le Cid, on n'a jamais battu des mains à ce Vers, quoyqu'il foit affez beau, parceque le Cid eft plein de beautez éblouïffantes, devant lefquels ce Vers eft éclipfé; mais ce même Vers tranfporté dans une Piece mal écrite, devient une beauté remarquable, à peu prés comme un Diamant qu'on tireroit d'entre plufieurs Pierres precieufes, pour le faire briller parmy des morceaux de Verre.

J'écoutay tous ces raifonnemens avec beaucoup d'attention, & voicy à peu prés ce que je repondis.

Quand la Tragedie d'Ines auroit encore plus
de deffauts que vous ne luy en reprochez , vous
ne devriez pas trouver son succez étrange ; avant
de vous parler des beautez que l'on y trouve ,
remarquez d'abord qu'il est impossible ne n'être
point ému de la façon dont elle est representée.

Cette Piece est le triomphe de Baron ; jamais
cet Acteur depuis sa rentrée au Theâtre n'a representé de Role plus convenable au caractere
de sa declamation ; je ne crois pas qu'il ait jamais mieux joüé en sa vie; j'ay reconnu en luy
le même Comedien qui fit verser tant de larmes
dans Tiridate & dans Regulus ; je me souviens
qu'alors il étoit maître du succez d'un ouvrage ,
& que même il se donnoit quelquefois le plaisir
de reciter avec le plus d'énergie les Vers les plus
ridicules , & qu'il les faisoit toûjours applaudir
par le Parterre ; Temoin ce Vers du pauvre M.
de Campistron.

Il est comme à la vie un terme à la vertu.

Vous sçavez quelles acclamations il attira à ce
Vers tout impertinent qu'il est, vous avez d'ailleurs remarqué mille fois qu'il suffit d'un grand
emportement, quoyque mal placé , & d'un bel
éclat de voix pour exciter les battemens de mains ;
le Parterre est une machine, qui se remüe plûtôt
quand on la frappe bien fort, que quand on la
frappe avec justesse.

Mademoiselle Duclos a representé Ines avec
un patetique tendre & touchant, auquel il est
bien difficile de refuser des pleurs ; on luy re-

proche de crier un peu , mais c'eſt un deffaut quelquefois neceſſaire par les raiſons que je viens de dire.

Mademoiſelle le Couvreur à joüé le rolle de Conſtance avec dignité & delicateſſe ; on l'accuſe de s'abandonner de temps en temps à un peu de monotomie , & de n'eſtre pas toûjours auſſi animée qu'on le deſireroit. Effectivement elle ne joüe parfaitement que le endroits où le ſentiment domine ; mais dans ces morceaux elle eſt àudeſſus de tout ce que j'ay jamais entendú ; dans les rolles froids, elle eſt glacée , mais dans les·rolles un peu touchans , elle remplit tous les cœurs d'une ſenſibilité dont on voit qu'elle même eſt penetrée : ſemblable à ces perſonnes qui ſont toûjours embaraſſées dans la compagnie des ſots , & qui n'ont d'eſprit qu'avec les gens qui en ont.

Le jeu de Dufrene ne dépare pas la Piece , la vivacité de ſon action remüe les Spectateurs dejà prévenus par ſon air noble & aimable ; mais il faut avoüer qu'il pouſſe la vivacité trop loin ; il faut qu'il prenne un ſoin extreme de ſe moderer : quand il ſera une fois le maître de ſon feu , j'oſe repondre qu'il ſera un Acteur admirable.

Je vous ai dit ce que je penſe de ceux qui ont joüé les principaux perſonnages dans Ines, je vais maintenant vous rendre compte des beautez que je crois apartenir uniquement à l'Auteur.

Une ſeule choſe qui ſufit pour excuſer les applaudiſſement du Public ; c'eſt l'intereſt qui regne dans toute la piece. Mais comment dites vous, peut-on s'intereſſer à un ouvrage ſi rempli

de défauts; il eſt bien aiſé de le comprendre,
c'eſt que l'attention de l'Auditeur eſt toujours
toute entiere atachée ſur Don Pedre & ſur Ines;
l'intereſt que l'on prend à leur amour n'eſt par-
tagé par aucun intereſt étranger; c'eſt un grand
art dans une Tragedie de n'attirer les yeux que
ſur un même objet, l'action languit quand elle
eſt multipliée, elle n'eſt vive que lors quelle eſt
ſimple, les défauts dont vous me parlés revol-
tent à la verité; mais ils n'ennuyent pas, & tout
grands qu'ils ſont, ils ne diminuent en rien de
cet intereſt qui fait toujours le ſuccez des Tragedies dans les repreſentations.

Convenez d'ailleurs qu'il y a dans la piece des
traits brillants & pleins d'une belle morale, il
vray que je ne conſeillerois pas à l'Auteur de
faire Imprimer ſon Ouvrage, il auroit ſans doute
le ſort de tant de Tragedies admirées ſur le
Theâtre & ſiflées chez le Libraire. Pour oſer
mettre aujourd'huy un Ouvrage de Poëſie ſous
la preſſe, il faut ſçavoir faire des vers comme
Mr Racine, & il faut avoüer que l'Auteur
d'Ines à plus d'Eſprit que de talent pour la
Poëſie; c'eſt un homme qui a de l'invention &
qui écrit en proſe avec preciſion & juſteſſe. Mais
il n'a jamais connu cette harmonie touchante,
ce choix heureux de mots, cette élegance, en un
mot cette beauté Poëtique, préſens que la na-
ture fait ſi rarement, il a travaillé dans un art
avec un inſtrument qui n'y étoit pas propre.
L'Eſprit n'eſt rien ſans le genie, & le genie même encore ne produit guerre que d'heureux défauts quand il n'eſt pas ſecouru par une grande

correction. Il semble que cet Auteur ait cherché à écrire beaucoup, plûtot qu'à bien écrire. Voilà la raison du mauvais succez de tant d'Ouvrages qu'il a donné au Public, son stile deshonore son esprit, & je suis veritablement faché de voir le même homme penser quelque fois si bien & écrire presque toujours si mal.

Il ne faut pas croire que l'harmonie & l'élegance soient inutiles à la Poësie comme le prétendent depuis peu certains baux esprits interessez à le croire; si cela étoit la Poësie ne differeroit de la Prose que par la difficulté des rimes. L'Harmonie & nom la rime est essentielle aux vers, puisque tous les Peuples ne riment pas & que tous les Peuples veulent de l'Harmonie; il est honteux même d'estre obligé de refuter de pareilles absurditez.

Je conclus donc que les vers d'Ines sont durs & mal construits, que les expressions sont vicieuses & louches, que la conduite est pleine de défauts essentiels, que cependant la piece est interessante & qu'elle ne doit pas absolument son succez à l'action des Comediens qui la représentent.

APPROBATION.

JE Soussigné, Maistre ès Arts en l'Université de Paris, ay lû par ordre de Monsieur le Lieutenant General de Police, un Manuscrit qui a pour titre *Sentimens d'un Spectateur François, sur la nouvelle Tragedie d'Ines de Castro,* dont

on peut permettre l'Impreſſion. A Paris ce 9.
Juillet 1723. PASSART.

Veu l'Approbation du Sieur Paſſart, permis
d'Imprimer, ce douze Juillet 1723. M. DE
VOYER D'ARGENSON.